小帆船经典故事桥梁书

妖怪来了

[日]横山洋子 主编 [日]早野美智代 改编
[日]高井喜和 [日]山西源一 [日]加藤真史 绘图
吴瑕 翻译

海南出版社
·海口·

作品名３：ランドセル名作　３びきのおばけ
早野美智代・文、たかいよしかず・絵、山西ゲンイチ・絵、かとうまふみ・絵、横山洋子・監修

Randoseru Meisaku 3biki no Obake
© Gakken
First published in Japan 2017 by Gakken Plus Co., Ltd., Tokyo
Simplified Chinese translation rights arranged with Gakken Plus Co., Ltd.
through Future View Technology Ltd.

版权合同登记号：图字：30-2021-124 号

图书在版编目（CIP）数据

妖怪来了 /（日）横山洋子主编；（日）早野美智代改编；（日）高井喜和，（日）山西源一，（日）加藤真史绘图；吴瑕译 . -- 海口：海南出版社，2023.1
（小帆船经典故事桥梁书）
ISBN 978-7-5730-0595-3

Ⅰ . ①妖… Ⅱ . ①横… ②早… ③高… ④山… ⑤加… ⑥吴… Ⅲ . ①儿童故事－图画故事－日本－现代 Ⅳ . ① I313.85

中国版本图书馆 CIP 数据核字 (2022) 第 108766 号

小帆船经典故事桥梁书・妖怪来了

XIAO FANCHUAN JINGDIAN GUSHI QIAOLIANG SHU・YAOGUAI LAI LE

主　　编：[日]横山洋子
改　　编：[日]早野美智代
绘　　图：[日]高井喜和 [日]山西源一 [日]加藤真史
翻　　译：吴　瑕
策　　划：三环童书
校　　订：闻　风
责任编辑：陈淑芸
项目编辑：徐　溧 张　靖
责任校对：邓波尔
责任印制：杨　程
装帧设计：谷亚楠
印刷装订：佛山市华禹彩印有限公司
出版发行：海南出版社
总社地址：海口市金盘开发区建设三横路 2 号
邮　　编：570216
上海地址：上海市虹口区株洲路 309 号 202 室
电　　话：0898-66812392
电子邮箱：hnbook@263.net
经　　销：全国新华书店
版　　次：2023 年 1 月第 1 版
印　　次：2023 年 1 月第 1 次印刷
开　　本：889 mm × 1300 mm 1/32
印　　张：3
字　　数：60 千字
书　　号：ISBN 978-7-5730-0595-3
定　　价：20.00元

独目小和尚

改编自日本民间故事

[日]早野美智代　改编
[日]高井喜和　绘图

怪奇屋
灰象

很久很久以前，有一位叫传七的年轻人，他开了一家“怪奇屋”。

怪奇屋里展示着各种各样稀奇古怪的东西，还有各种杂耍表演，吸引了很多客人。

可是，好景不长，客人们渐渐看厌了这些玩意儿，怪奇屋的生意一天不如一天。

“这世上还有哪些新鲜玩意儿呢？”传七很是烦恼。

正当传七一筹莫展*的时候，突然，他听到两个人在小声嘀咕："在北边，有种稀奇的妖怪，叫独目小和尚。"

传七一下子来了精神，大叫道："太好了！我这就去把独目小和尚抓回来，狠狠赚上一笔！"

* 一筹莫展：一点儿办法也没有。

于是，传七踏上了寻找独目小和尚的旅程。

他穿过无人居住的荒原，又越过连绵起伏的山岭，一路向北走。

他不禁感叹：“路途还真是遥远啊！”

传七走啊走，走啊走，不知过了多少日子。

有一天，他走到了一片大森林。森林里到处灰蒙蒙的，传七一不小心就在里面迷了路。这时，太阳就要落山了，森林里变得更加灰暗。

传七连连叫苦：“哎呀，这回遇上大麻烦了。”

他心想："难道我晚上就要睡在这里了吗？"

传七环视着周围的环境，皱紧了眉头。

就在他犯难的时候，从竹林那边传来了一阵愉快的歌声。

“太好了！是一群孩子在唱歌！也许我可以过去问问路。”

“可是，他们在哪儿呢？”

传七用手扒开竹子，朝竹林深处张望……

这一看，可把传七吓了一跳！

在竹林深处的空地上，一群孩子正围成一圈做游戏呢。那些孩子竟然都只有一只眼睛！

“这难道就是独目小和尚？”传七激动起来。

“太好了！我要把他们抓起来，统统带回我的怪奇屋。”

于是，他偷偷地接近孩子们，然后趁他们不注意，伸出双手，猛地抓住了其中两个孩子的肩膀。

眼见目标就要达到，传七突然觉得身体一轻，他被人从后面提了起来，“砰”的一声摔在地上。

他不禁发出一声怒吼：“是谁啊？你们要干什么？”

传七一抬头，眼前出现了一群只有一只眼睛的大人。

他们正目不转睛地注视着传七。

很快，传七就被他们用绳子一圈圈地绑了个结实，扛回了村子——那里的人都只有一只眼睛。

这个村子里也有一间怪奇屋。

于是，传七被村民们当成怪物，放进了怪奇屋。

“来来来，看一看，瞧一瞧，这里有个长着两只眼睛的妖怪！”怪奇屋的主人兴奋地招揽着客人。

“是吗？那还真是稀奇！”大家都来了兴致。

从此，一个“双目妖怪”的传说在当地流传开来。

迷宫 1

传七能捡起，见到独目小和尚吗？

答案在最后一页。

玻璃瓶中的妖怪

改编自英国民间故事

[日]早野美智代 改编

[日]山西源一 绘图

很久很久以前，在英国的一座小镇上，生活着一个叫汤米的小男孩。

汤米总是一个人发呆，看起来像是一直在思考着什么。

镇上的人都说汤米很聪明。

“汤米可是个聪明人。”

“他总有一些奇妙的想法。”

“他了解很多别人不知道的事情。”

有一天，一个老伯伯跑来找汤米。

“我现在都快急疯了！听说你很聪明，一定要帮我想想办法啊！”

“是什么事情呢？只要我能帮上忙，一定尽力。”汤米回答道。

“我的房子里进了妖怪，你能把它赶出去吗？”

老伯伯苦恼地说道：“我有一个旧房子。最近，一到半夜，房间里就会发出‘咔嗒咔嗒’的声音，桌子和椅子还到处乱飞，好像被妖怪占领了一样。”

汤米思考了一会儿，说道：“我很乐意帮您的忙。”

“好的好的，真是太感谢了！”老伯伯高兴地握住汤米的手。

汤米接着说道：“不过，麻烦您准备一只空瓶子、一只杯子和一些饮料。另外，请容许我独自一人待在您的房子里。”

“完全没有问题！”老伯伯爽快地答应了。

12
3
6
9

于是，汤米立刻出发去了老伯伯家。他一进老伯伯说的那个房间，就给门上了锁，然后在壁炉前的椅子上坐下，悠闲自在地喝起饮料来。

到了半夜十二点，房间里隐约响起奇怪的声音。汤米一抬起头，正好和面前的一只妖怪对上眼。

妖怪正用大得吓人的眼睛直勾勾地瞪着汤米。

“哈哈，你就是那个汤米吧？”

“是……是的。”汤米有点儿紧张，但他很快镇定下来，“你怎么知道我的名字？”

“嘿嘿，这个还用说？我可是妖怪。”妖怪说着露出嘲讽的笑容。

汤米才不会被吓到呢，他继续问道：“房间的门是锁着的。你是从哪儿进来的呢？”

妖怪从鼻子里发出“哼”的嘲笑声：“这还不简单？我从锁眼儿‘嗖’的一声就钻进来了呀。”

“不可能。你可骗不到我！”汤米故意刺激妖怪，“你才钻不进来呢。”

妖怪一听这话，果然不服气：“你这自以为是的家伙，竟然不相信我妖怪的话！”

“如果你真的能从锁眼儿钻进来……”汤米指了指空瓶子，“那肯定也能钻进瓶子里吧。不过真是可惜，你根本钻不进去。你是不可能做到的！”

妖怪一听这话，怒火“噌”地蹿了起来，它吼叫道：“这种小事我当然没问题！”

“是吗？除非亲眼看见，不然我才不相信你说的话呢。”汤米表现出非常看不起妖怪的样子。

“好吧！就让你见识见识我的本事！”话音刚落，妖怪就一下子钻进了瓶子里。

“太好了！”汤米眼疾手快*地塞住瓶口。

这下，妖怪就被关在瓶子里出不来啦。

*眼疾手快：形容人动作迅速，反应非常快。

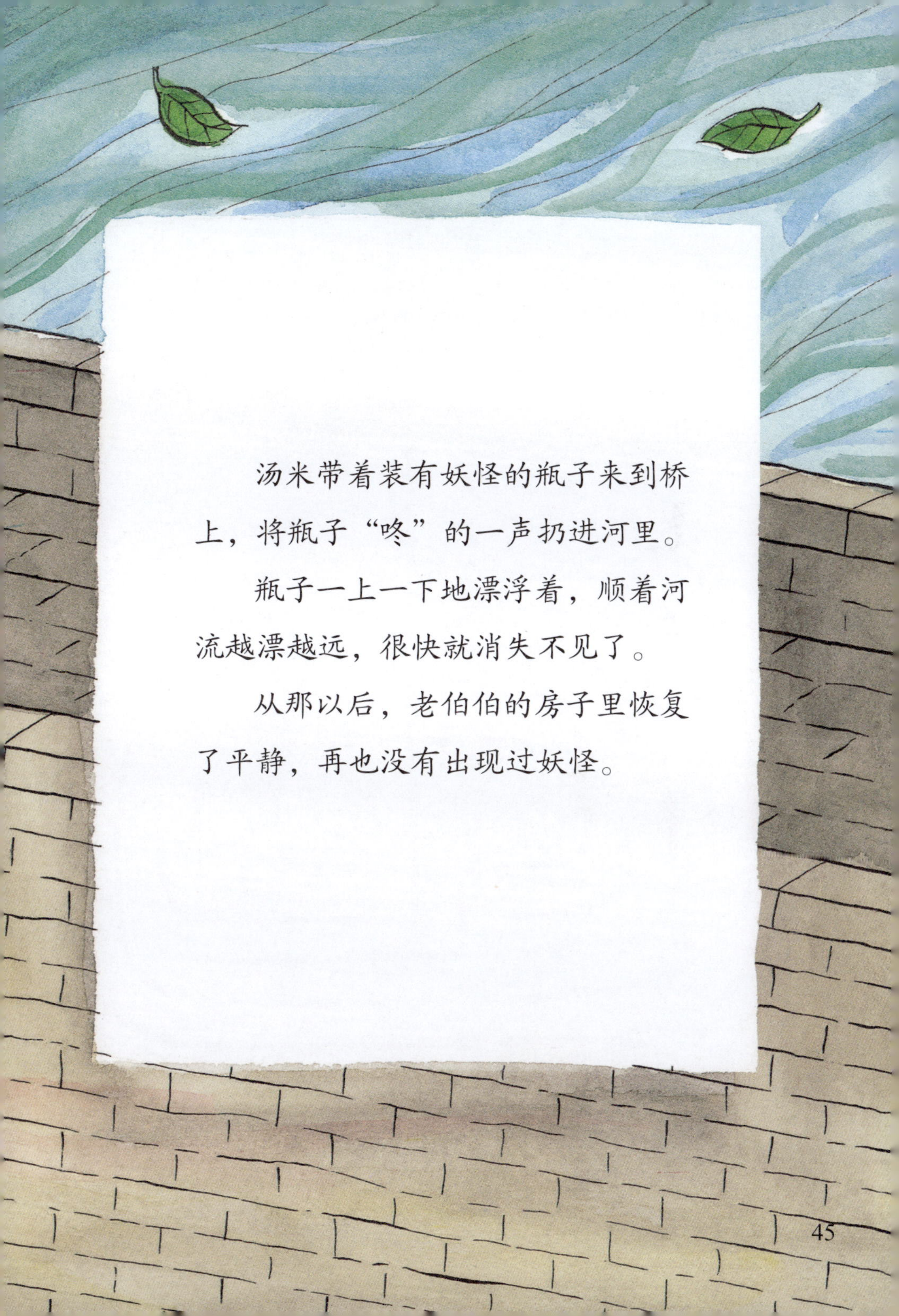

汤米带着装有妖怪的瓶子来到桥上，将瓶子“咚”的一声扔进河里。

瓶子一上一下地漂浮着，顺着河流越漂越远，很快就消失不见了。

从那以后，老伯伯的房子里恢复了平静，再也没有出现过妖怪。

迷宫 2

汤米能捡起  和  ，见到妖怪吗？

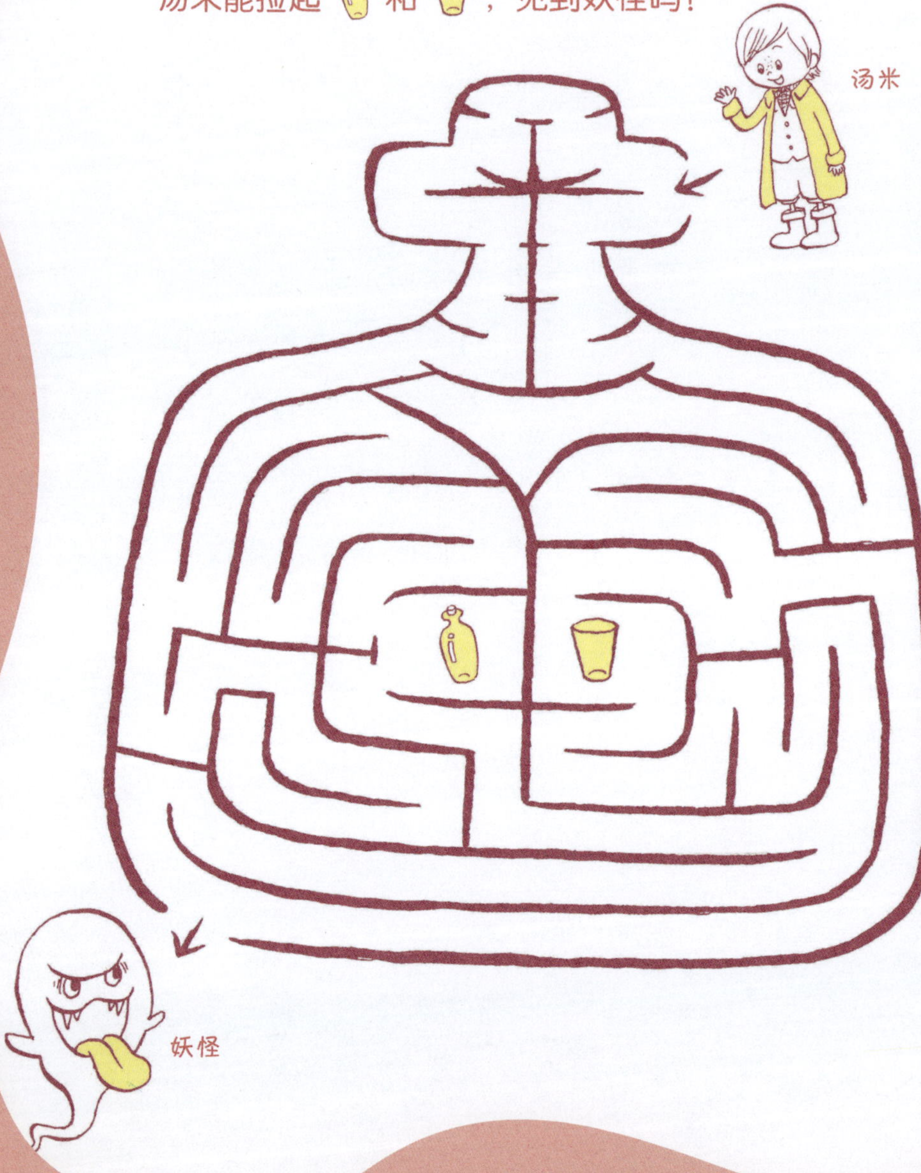

答案在最后一页。

三张护身符

改编自日本民间故事

［日］早野美智代　改编

［日］加藤真史　绘图

很久很久以前，在大山深处有一座寺院，寺院里住着一个老和尚和一个小和尚。

一天，小和尚向老和尚请求道：“师父，请允许我到后山捡栗子吧。”

“千万别去。后山上有山姥！可吓人了。”

“不会有那种妖怪啦，就让我去吧！”小和尚不死心。

老和尚经不住小和尚三番五次的请求，就拿出了三张护身符，对他说道：“你去吧。遇到危险的时候，记得使用护身符。”

小和尚兴致勃勃*地来到了后山。

这里到处都是栗子。

每当风儿刮过，栗子就从树上“扑通扑通”地掉落下来。

* 兴致勃勃：兴趣浓厚，情绪饱满的样子。

“哇，前面也有好多！”

小和尚一门心思地捡栗子，不知不觉就到了大山深处。

他猛地回过神来，抬头一看，才发现已经是黄昏时分了。

就在这时，从远处走来一个老婆婆。

老婆婆关心地说道：“哎呀，小和尚，都这么晚了，你怎么一个人在捡栗子？来婆婆家吧，我家有好多栗子呢。”

“太棒啦！真是太开心了！”小和尚说着就美滋滋地跟老婆婆回家了。

老婆婆家的地炉里正烤着香喷喷的栗子。

簸箕里还放着好些烤好的栗子。

“来吧，多吃点儿。想吃多少有多少。”老婆婆热情地招待着小和尚。

“真好吃！真好吃！”小和尚一个劲儿地往嘴里塞栗子。最后，他终于吃不动了，对老婆婆说道：“啊，肚子吃得饱饱的，有点儿困了呢。”

“那就在婆婆家休息，好不好？”老婆婆把小和尚安顿在最里面的小房间里。

因为心情不错，小和尚很快就睡熟了。

到了半夜，小和尚被房外的雨声吵醒。

那雨仿佛在说话。

“滴滴答，哗啦啦，小和尚，看看那个老妈妈。滴滴答，哗啦啦，小和尚，快快醒来呀。”

小和尚悄悄地钻出被子，透过门上的破洞，向外面的房间看去。

不看不要紧，这一看可把小和尚吓得魂飞魄散！那老婆婆头上长出了一对尖尖的犄角，嘴巴咧到了耳根。

“是山、山姥！我会被吃掉的！”小和尚心想。

正在这时，山姥耳朵一动，眼珠子一转，朝破洞看去。

“小和尚，看来被你发现了。”

小和尚吓得浑身发抖，连忙叫道："我、我什么也没看见。我肚子疼，能让我去厕所吗？"

"小孩子，事情多！不过，小和尚，你可别想逃出我的手掌心！"山姥把一条绳子紧紧地系在小和尚的腰上。

就这样，山姥紧抓着绳子的另一端，让小和尚去了厕所。

一进入厕所，小和尚就把腰上的绳子解下来，绑在厕所的柱子上。

然后，他拿出一张护身符贴在柱子上，开始念道：“帮帮忙，帮我对付山姥吧。”

接着，他翻过窗户，一溜烟地逃走了。

见小和尚在厕所里待了好长时间，山姥大声地问道："小和尚，还没好吗？"

"还没有，再等会儿。"护身符代替小和尚回答道。

又过了一会儿，山姥再次问道：“小和尚，现在总该好了吧。”

“还没有，再等会儿。”

“你让我等的时间太长啦！”

山姥说着，用尽全力拽绳子。柱子被拉断了，猛地向山姥砸来，而小和尚早已没了踪影。

“这个臭小子！竟然跟我耍心眼儿！”山姥气得满脸通红，“小和尚，你给我等着！”

山姥跑啊跑，一眨眼的工夫就追了上来。

眼看就要被山姥抓住了，小和尚慌了神：“这可怎么办啊？”

他掏出第二张护身符，念道：“沙丘快来！”

话音刚落，一座巨大的沙丘出现，挡在了山姥面前。

山姥一次又一次地试着爬过沙丘，可是沙丘太滑了，她根本爬不上去。

趁此机会，小和尚撒开腿狂奔着逃跑了。

“应该没事了吧。”他这样想着。可是当他一回头，刚放下的心又提到了嗓子眼儿。

山姥又追了上来。

“哎呀，真是遇到大麻烦了！”小和尚拿出了第三张护身符，念道，“大河快来！”

这次，一条波涛汹涌的大河出现，挡在了山姥面前。

“这条河又算什么把戏？”山姥一边对抗着湍急的水流，一边手脚并用地划着水渡河。

在山姥渡河的时候，小和尚全力奔跑，总算回到了寺院。

“师父，快救救我啊！山姥追来啦。”

“我早就告诉过你不要去嘛。”

说着，老和尚把小和尚藏进了竹箱里。

山姥闯进寺院，大声喊道：“小和尚，看你躲到哪里去！”

老和尚定了定神，说道：“小和尚捡栗子去了，还没回来呢。”

“你说谎！他明明从我家里逃跑了！”

“哦？是这样啊。”

无论山姥说什么，老和尚都心平气和*地烤着年糕，一副若无其事的样子。

---

* 心平气和：心里平和，不急躁，不生气。

“嗯？是年糕！”山姥发现了烤年糕，“我最喜欢吃年糕了。老和尚，快给我一个。”

“没问题。我们来比比变身怎么样啊？你要是赢了，想吃多少有多少。”老和尚笑眯眯地说道。

山姥一听这话，得意地笑了起来：“哈哈哈！这个简单。变身对我来说还不是小菜一碟？”

“了不起。那么，比赛开始吧。”

老和尚敲着火盆的边沿，唱了起来：“变变变，变得立地又顶天！”

山姥随着歌声一下子变大，变得有房顶那么高。

老和尚又唱了起来："变变变，变得玲珑又小巧！"

山姥立刻缩小身体，变得和年糕差不多大。

然而，老和尚并没有停下来，仍继续唱着："变变变，变得豆粒般大小！"

山姥只得继续变小，最后缩成了豆粒那么大。

就在这时，老和尚把豆粒大的山姥夹在年糕里，张大口吃了下去。

“这块年糕还真是美味啊。”老和尚笑眯眯地自言自语道。

从那之后，山姥再也没有在后山上出现过。

迷宫 3

小和尚能捡起，躲过山姥，然后见到老和尚吗？

答案在最后一页。

致家长

“亲子读”：帮助孩子从“听故事”向“独立读”过渡

随着当代社会的发展，家长们越来越重视孩子的教育，然而由于对儿童发展的规律缺乏认识，部分家长中存在着“揠苗助长”的现象，例如，在阅读方面，让孩子过早地开始独立阅读。

孩子在阅读的起步阶段，一般习惯于用耳朵听故事，用眼睛看图画，并在家长的帮助下完全沉浸到故事的世界中。然而，有些家长在讲了几遍故事之后，就认为“孩子差不多可以自己阅读了”，把书丢给孩子，让孩子独立阅读。这样做往往适得其反，不仅会让孩子不知所措，还会让他们对阅读产生抵触情绪。

孩子在“听故事”和“独立读”这两个阶段之间需要有一个过渡，“亲子读”就是一个科学的过渡方式。和听故事一样，“亲子读”也需要家长和孩子坐在一起，共同面对着书本。首先，家长要做的是告诉孩子“我先念一遍，你要用手指着字跟着读哟”；接下来，家长一字一句地读给孩子听。读了几页之后，家长可以询问孩子“你能把刚才读的故事读一遍吗？”，让孩子初步尝试自己阅读。在这个过程中，家长需要在适当的时候对孩子说一些鼓励的话，比如“你很擅长阅读呢”，或是“嗯，我能明白你讲的故事”等等。这样的训练持续一段时间之后，孩子应该就会说：“我可以自己读了。”

我们在每本书里都准备了三个故事，篇幅由短到长。家长可以和孩子一起，从短故事开始“亲子读”，这样孩子容易产生“我做到了”的成就感，从而循序渐进地培养孩子独立阅读的能力。

经典故事：架起从“亲子读”到“独立读”的桥梁

对于从“亲子读”向“独立读”过渡的孩子来说，经典故事，包括民间故事、神话、传说、童话等体裁，是最适合阅读的。这类故事有以下四个优点：第一，故事趣味性强，容易让孩子对阅读产生期待感；第二，故事结构简单，有明显的起承转合，孩子阅读起来更流畅；第三，叙事感强，情节层层推进，容易让孩子理解和共情；第四，语言生动、文字简单，能够激发孩子的阅读兴致。

丛书按主题精选了在世界各国广为传颂的经典故事。在选编故事时，除了经典这一标准之外，我们还特别重视故事对孩子的教育，尤其是心智的培养，具体包括：第一，对生命的尊重；第二，对喜悦与哀伤的共情能力；第三，了解异域文化，体验发现的乐趣；第四，欣赏大自然的美丽和神奇；第五，展开联想，体会想象的乐趣。通过阅读这些经典故事，体验故事主人公的悲与喜、成与败，孩子可以形成更丰富的经验，也可以学会更丰富的情感表达和语言表达。阅读之后，如果孩子有意愿向成人分享自己的体验，家长一定要重视他们的表达。这样一来，孩子就会更乐于阅读、享受阅读。

日本千叶经济大学儿童学教授　横山洋子

迷宫答案

迷宫 1

迷宫 2

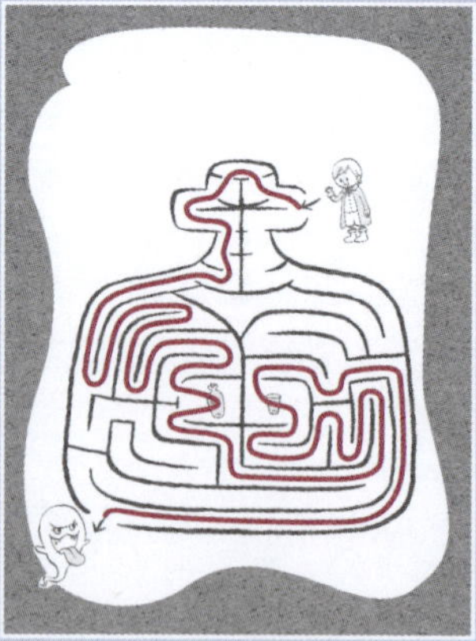

迷宫 3